KB113198

눈 속의 구조대

눈 속의 구조대

장정일 시집

민음의 시 258

민음사

차 례

우스운 하이쿠

식탁에 펼쳐진 바쇼오 시집에
냉잇국이 튀었네.
앗, 도서관에서 빌려온 책!

K2

K2는 대한민국 육군이 공식 채택한 돌격용 소총이다
K1은 한국 시의 돌격용 소총이나 같았던 그 사람이다

나는 K2
적지에 던져진 병사
총탄을 맞고 울부짖는
게릴라

항문에 맥주병을 찔러 넣자
우스운 하이쿠일랑 쓰지 말자

참(懺)

시베리아에는 참이라는 동물이 산다. 어떤 치들 가운데는 참을 곰이라고 우기는 사람들도 있는데 그건 잘 몰라서 하는 소리다. 크기가 딱 그만한 데다가 뒷발로 뚜벅뚜벅 걷는 그 놈을 온통 시야가 희미해지는 눈발 속에서 보면 영락없는 곰으로 착각되기도 하지만 곰은 아니다. 그런데 어떤 가지식자(假知識子)들은 또 참을 원숭이라고 잘못 알고 있다. 참이 원숭이 종류라고 주장하는 논자들은 원숭이류가 진화하고 분화하면서 열대성 기후를 좋아하는 놈들은 아프리카를 자생지로 삼았고, 추운 것을 좋아하는 놈들끼리 어울려 북방으로 갔는데 바로 그게 참이라고 한다. 얼핏 들으면 일리가 없는 말로 들리지는 않지만, 주박이 되는 이론과 학설로 제 눈과 귀를 틀어막고 스스로 장님이 되고 귀머거리가 되어 버린 이들이 가여워지는 것도 사실이다. 아래턱이 튀어나오지 않고 안으로 잘 들어가 있는 것 하며 얼굴에 털이 없는 것을 보면 참이 원숭이와 아무런 상관이 없는 인간의 일종이라는 것을 그들은 정녕 모른다는 말인가? 시베리아의 겨울은 기후의 변덕이 심해서 날씨가 마냥 좋을 줄 알고 겁 없이 긴 사냥길에 오르거나 그렇지 않더라도 어쩌다 길눈이 어두워 실종하는 사람들이 많다. 갑

자기 사위가 어두막해지면서 눈보라가 불어치기 시작하면 제일 먼저 길이 지워지고, 흔적 없는 길 위에서 사냥꾼의 마음은 공황에 빠져 버린다. 돌아가는 길을 찾기 위해 황급히 몰아쉬는 입김은 살얼음이 되어 뺨에 달라붙고 칼끝 같은 바람은 사정 보지 않고 언 살갗을 찢어 놓는다. 하므로 그 와중에 살아남는 이가 좀처럼 없다. 온 목숨을 걸어 놓고 제 딴에는 한 방향을 향해 열심히 전진한다고 하지만 그 사람은 자기 꼬리를 물려고 맴도는 실없는 봄날의 고양이나 강아지처럼 한 장소를 몇 바퀴나 거듭 배회했을 뿐이다. 길 잃은 사람은 추위와 배고픔 그리고 승냥이 떼의 좋은 먹잇감이 된다. 그런데 가끔씩 그런 상황에서 목숨을 부지하는 사람이 있고, 마을로 생환하여 그날을 생일 삼아 잔치를 벌이는 사람이 있다. 배는 고프고 온몸이 한기로 뻣뻣하게 굳어 탈진되었을 때, 갑자기 인기척처럼 등 뒤가 뜨끈해지는데 그가 뒤돌아보기도 전에 누군가가 조난자의 어깨를 툭 친다는 것이다. 환영인가 싶어서 고개를 돌려보면 거기에 참이 있다. 지금 말하려고 아까는 그냥 지나갔는데, 참의 특징이라면 뭐니 뭐니 해도 뜨겁다는 것이다. 얼마나 뜨거운가 하면 이 짐승이 딛고 지나간 곳은 눈이나 얼음이 흥건히 녹아 있다. 참은 인간을 좋아해서 아주 멀리서도 인간의 냄새를 맡고 온다. 그러면 길 잃은 조난자는 가지고 있던 칼로 반가워서 빙글빙글 웃고 있는 참의 배를 갈라서 내장을 꺼낸 다음, 그 속에 들어가면 된다. 눈보라 치는 얼음장 위에 벌렁 누운 채 참은 실종자가 칼을 들고 그의 배를 가르고 내장을 꺼내는 동안에도 마취제 없이 개복 수술을 받는 것 마냥 두 눈만 끔벅끔벅하고 있단다. 생래적으로 피를 싫어하는 사람도 많지만, 참의 피는 실핏줄과 살 속에 고농축된 채 스며 있기 때문에 피칠갑을 하지 않아도 된다. 자신의 몸이 들어갈 만큼 참의 내장을 들어내고 조난자가 그 속에 들어가 웅크리면 한증탕에 든 것처럼 후끈하다. 뿐 아니라 참의 뜨거운 배 속은 동상으로 못이 박힌 어혈을 단번에 풀어 준다. 추위와 동상을 해결했으면 이제 배고픔을 해결해야 하는데, 허기진 조난자는 방금 파낸 참의 뜨거운 내장을 오물오물 씹어 먹어도 좋고 자신이 들어앉아 있는 참의 뱃속에서 젖을 빠는 새끼처럼 야금야금 살을 파먹어도 좋다. 참의 육질은 어릴 때부터 우유만 먹여 키운다는 저 어느 색목인 나라의 송아지 고기보다 맛있고 저작을 하면 할수록 살코기로부터 갖

가지 신비로운 성분이 발효한다고 한다. 참은 배에 긴 칼금을 맞은 채로도 일주일 정도는 정상대로 심장이 벌떡이고 눈도 끔벅거리며, 죽고 나서도 한 달간이나 생전의 체온을 유지한다고 한다. 시베리아에서 길을 잃고 사경을 헤매다가 구조된 조난자들은 거개가 참의 희생으로 목숨을 부지했다는데, 참이 이렇듯 잘 알려지지 않고 이 변변치 않은 사람의 글에 의해서 널리 알려지는 까닭은, 인간에게 수치심이 있기 때문이다. 목숨을 부지한 조난자는 차마 동료를 죽이고 그 덕분에 살게 되었다는 것을 밝히기를 꺼린다. 칼로 배가 쭉 갈라진 동료가 오랫동안 죽지 않고 눈을 끔벅이며 "살려줘, 살려줘, 나는 너의 친구잖니?"라고 호소했다는 것, 그런데도 혼자 살기 위해 동료의 피와 살을 먹고 마신 것을 수치로 여겨 말할 수 없었기 때문이다.

진술서

아빠는 살인자가 아니다
아빠는 꿈속에서 살인자가 아니다

소년은 막힌 골목을 달리고 있고
소년은 구름 아래로 떨어지고 있다

소년은 의자에 앉으려고 얼굴이 빨개져 있고
소년은 항문을 지키려고 혁대를 움켜잡고 있다
누군가의 가면을 잡아채기 위해 주먹을 쥐고 있다

외워야 하는 공식들
익혀야 하는 격투기
종이 울기 전에 풀어야 하는 주문
아무것도 쓰여 있지 않은 교과서

식은땀을 흘리며 머리를 흔들면, 세모난 누이의 얼굴이
내려다보고 있었다

소년은 살인자가 아니다
아빠는 살인자가 아니다

ㅁ

소주 한 모금을 마시고
불에 그을은 우물을 내려다보니
목이 잘린 부모님과
철사에 찬찬히 묶인 아이들이
소근소근 지난 이야기를 하고 있구나

소주 두 모금을 마시고
깊은 우물을 내려다보니
소리 없이 돌아온 아내가 아이들 몸에 감긴
철사를 풀고 있구나

소주 세 모금을 마시고
눈물로 흐려진 우물을 내려다보니
어느새 즐거운 공작 시간이네
아이들이 할아버지 할머니의 몸뚱이에
떨어진 목을 붙이고 있네

대낮의 하늘은 쓰디썼다
손등으로 입술을 닦고

다시 우물을 내려다보니
가족들이 인사를 하네
"우린 용서 안 해."

빈병을 깨어 내 얼굴을 그으며
공원으로 달려왔다
우물을 메우고 도망친
ㄱ, ㄴ, ㄷ, ㄹ이 있는 곳
"거봐, 가지 말랬지."

신병 훈련소에 있어 본 사람은 안다
그가 얼마나 집으로 돌아가고 싶은지

우물 깊은 집

경적 소리에 놀란 새벽
깊은 우물이 부르면 대책이 없었다
ㄱ은 그것을 환각지라고 했다
팔이나 다리가 잘린 사람이
없어진 팔다리가 그대로 있다고 느끼는 것처럼
두고 온 집은 잊히지 않았다

깊은 우물이 부르는 소리에는 배겨 낼 장사가 없었다
깊은 우물이 부르는 소리는
ㄱ, ㄴ, ㄷ, ㄹ의 무책임한 충동을 길들였고
깊은 우물이 부르는 소리는
간밤에 덮고 잔 라면 박스보다 간절했다

김밥과 소주를 사들고
슬며시 들러 본 우물 깊은 집
그을린 대문이 바람에 열렸다, 닫히고
무너진 벽 모서리마다 활짝 핀 해바라기
예전의 안방에는
타다 만 장롱이 엎어져 있다

우리 집에 누가 불냈어?
불타지 않은 데는
슬플 때나 기쁠 때나 시원한 물을 길어 마시며
이야기꽃을 피운 곳
우물밖에 없구나!

소주를 마시고
깊은 우물을 내려다보니
목이 잘린 부모님과
철사로 찬찬이 묶인 아이들이
소근소근 지난 이야기를 하고 있네

우리 집에 누가 불냈어?
우리 집에 누가 불냈어?
마당에 뒹구는 벽돌을 모아
우물을 메우며
우리 집에 누가 불냈어?

X

방은 두 개가 좋겠소
아니, 두 개로 시작하는 게 좋겠소
두 방은 따개비처럼 들러붙어 있어야 제격이오
뗄 수 없어야 마땅하오
무한히 증식해야 하오

한 방에는 노부부가 사는 게 좋고
다른 방에는 수음도 못하는 청년이 사는 게 좋겠소
그들은 서로를 경원하기보다, 무심해야 제멋이오
그들은 거울 보기를 죽기보다 싫어하오

노부부 방에서는 저녁마다 고기 굽는 냄새가 진동해야
좋겠소
고추나 마늘, 상추도 없이
굵은소금 종지만 덩그라니 있는 게 좋겠소
절벽 앞에서는 담력이 굳세고
기아 앞에서는 비위가 튼튼해지니
절망만큼 좋은 소화력도 없다오

어쩌다 한번씩
"나도 뭣 좀 먹자, 고기 좀 먹어 보자!"라고
청년이 고래고래 소리를 질러 보는 설정도 괜찮겠지만
아무래도 청년은 시들시들 양순한 게 어울리오
청년은 나이를 먹고 힘을 내는 것
청춘의 낙이란 늙는 거라오

이런 어법은 또 어떻소?
"청년에게 인육을 먹여야 한다.
인육을 먹지 않으려는 청년을 구하자!"
노부부는 아이 도둑
유아 도살자
인육 맛집 순례자

거울 속에서는
두 방의 주인이 방을 바꾸어도 좋소
노부부와 청년은 꿈쩍도 아니하고
방이 저절로 바뀌어도 무방하오
세 사람이 서로 몸을 바꾸어도 괜찮소

"이놈아, 우리도 고기 좀 먹자, 먹어 보자!
그 맛난 고기 젊은 놈만 매일 처묵나?"

적극적으로 살거나
방치되거나

X

너의 혀가 입안으로 들어왔다

칫솔보다는 확실히 달콤했지만, 칫솔만큼 내 인생에 꼭
필요한 것일까? 이것은?

혀는 입안을 숨 가쁘게 돌아다니며 잇몸을 훑고 입천장
을 두드렸다

그리고 아직 사랑니가 나지 않은 내 이빨을 하나씩 헤
아렸다

처음 숫자를 배우는 아이처럼

아이에게 숫자를 가르치는 선생님처럼

네 혀는 길게 늘어나며 내 목구멍 깊숙이 들어왔다

깊숙이 쳐들어와 내 갈비뼈를 하나씩 씻어 주었다

마치 앞서 배운 숫자를 복습하기라도 하는 것처럼

혹은 그 숫자들로 마작을 놀듯이

그러고 나서 혀는 내 오장육부를 간질이며

온몸 구석구석을 탐색했다

그렇게 한 사람을 달뜨게 한 혀는

이윽고 그 자신에게 되돌아가기 위해

나올 구멍을 찾았다

제일 먼저 혀는 오른쪽과 왼쪽 콧구멍으로 번갈아 나왔
다가 출구가 아닌 것을 알고 다시 들어갔다
　나는 처음으로 남의 살 냄새를 맡을 수 있었다
　혀는 다시 양편 귓구멍으로 나왔다
　내 귀는 지금까지 듣지 못했던 소리를 듣고 쫑긋거렸다
　세상은 음악이었다
　혀가 두 눈을 출구로 오해하고 비집고 나왔을 때는 아
파서 눈물이 났다
　젖은 눈앞에 온통 새로운 것이 펼쳐졌다

　나오는 구멍을 찾지 못한 혀는 내 온몸을 들쑤신 끝에
　항문을 삐죽이 뚫고 나와
　그 주위를 오래도록 핥았다
　나는 내 이름을 잊었다

　오랫동안 항문을 빨고 나서
　다시 내 속으로 들어온 너의 혀는 드디어 출구를 찾았다
　네 혀는 힘차게 내 성기 밖으로 튀어나왔다

그리고 길게 늘어지며 너의 벌거벗은 몸뚱이를 감쌌다
뾰족해진 너의 혀는 너의 가랑이를 더듬었고
너는 네 자신의 절정을 탐닉했다

사랑은 누구도 사랑하지 않는 것
사랑은 자신을 더욱 잘 사랑하는 것

슈가맨

아—— 입 벌려요

너는 마른 휘파람을 불기 위해 입술을 모았고
나는 그게 지겨웠어
슈가맨, 벤츠를 사 줘

너는 노래방에서 탬버린을 훔쳐 왔지
꽃집에서 버린 시든 꽃을 주워 왔지
아울렛에서 싸구려 팬티를 사 왔지
나는 그것들을 쓰레기통에 넣었어

슈가맨, 너한테 없는 것을 줘
다이아몬드——
은빛 배——
파리로 날아가는 전용 비행기——
번뜩이는 빌라의 지붕——
금빛 넘실거리는 전자 오르간——

아—— 입 벌려요

너는 녹아 사라지고
검게 썩은 입이 말하기 시작했어
가엾은 슈가맨
너는 노래방에서……

불탄 집을 교대로 지킨다

집 앞의 버스 정류소에 내리면
불 냄새가 난다
너와 나는 그만 헤어져야 해

내 발걸음을 이끄는 건
들리지 않는 소방차 소리
골목에서는 언제나 환영을 보았지
어지러운 소방 호스와
나를 손가락질하는 낯선 이웃들
까맣게 타 버린 창에 늘어진 혀처럼 보이는 것은 그냥
커튼일 테지

누구도 알지 못할 우리 집 비밀번호
너는 문 열리는 소리를 듣고
나와 똑같은 꿈을 꾸다가 일어났어
서로 겸연쩍은 얼굴을 교환하고
물 잔을 앞에 놓고 식탁에 마주 앉았어
이미 불탄 집인데

이튿날 아침엔 네가 먼저 사라졌어
동물원에 가거나, 친구를 만나거나, 알바일 테지
나는 가스레인지를 껐다, 켰다, 껐다, 켰다
하지만 이 집은 우리 게 아니야

저녁에 너는 불 냄새를 맡으러 돌아올 테지
물에 젖은 커튼을 보며 잠시 미소를 지을 테지

내가 없는 세상

고추잠자리가 몰려다니는 흰 등대
풍뎅이가 기어가는 방파제
입이 쩍 벌어지도록 하품을 하는 수평선
누군가가 바람에 날려 가지 않게
자신의 밀짚모자를 한 손으로 꾹 누르고 있다

헤드라이트가 수분을 섭취하는 숲
경적을 울리자 갑자기 나타난 저수지
아코디언을 켜는 애인이 사는 마을
화투장에 흠집을 내는 도박꾼처럼
시인은 자신이 고른 말에 침을 바른다

달싹지근한 냄새를 풍기는 극장
트위터를 보고 몰려든 식당
벤치가 모자라는 공원
주인을 끌고 다니는 포메라니안
도시는 쉬지 않고 쌓이는 인내
새로 생겨나는 질병

고소한 양고기 냄새가 가득한 주방
욕실 앞에 떨어져 있는 팬티
창 안을 훔쳐보는 붉은 데보시아나
대낮에 하는 두 남자의 섹스
이 모든 것이 보기에 좋지 않은가?

오, 빨리 사라져 버려라
나는 사라져 버려라
내가 없는 완벽한 세상
내가 없으면 더욱 아름다운 세계!

당신이 곁에 있어도

카파도키아에서 사흘을 보내고
이스탄불로 돌아가기 위해
새벽같이 일어났다.

공항은 밤새 내린 폭설로 마비되었다.
대합실 통유리 밖으로 제설차가 활주로를 새로 닦는 모
습을 구경하며
폭설로 지연된 비행기 운행이 흔들어 놓은
오늘의 일정을 걱정했다.
(이럴 때만 소심한 정일 씨.)

스페인 아주머니들은 단체 여행을 왔다.
가죽점퍼를 입은 흑인 청년은 껌을 씹고
피부색이 갖가지인 아이들은 어른들이 모르는 말로 동
맹을 맺는다.
(카파도키아 여행 중에 몇 번이나 마주친 네 명의 한국
남자 대학생들,
이들은 영어로만 대화한다.)

몇 시간 만에 눈을 치우고
비행기가 날아올랐다.
폭설을 감안하면 정상 운행이었다.
활주로에 남은 비행기들은 못다 이룬 꿈의 잔해 같다.
비스킷과 오렌지주스를 사양하고
달콤한 꿈을 꾸려고 얼른 눈을 감았다.

이스탄불이 보이는 바닷가에 이 비행기가 추락했으면!
모두 살아남고
나 혼자 죽었으면!

당신이 곁에 있어도 나는
당신보다 더 깊은
곳으로 가고 싶다.

저수지

마을 앞 손바닥만 한 못에서 개헤엄을 치던 여름방학 때의 어느 날, 동네 형들과 이웃 마을 저수지로 원정을 갔다. 형들이 긴 나뭇가지로 길옆에 난 수풀을 휙휙 치면, 조무래기들도 따라서 작은 나뭇가지를 휘둘렀다. 저수지로 가는 길가에 드문드문 가지밭이 있었다. 형들은 햇빛에 익어 뜨끈뜨끈해진 가지를 베어 물었다. 형들이 "맛있다"고 우물거리면 조무래기들도 "맛있다"고 조잘거렸다. 형들이 "아, 맛없어" 하며 등 너머로 반쯤 베어 문 가지를 내어 던지면, 조무래기들도 입에 든 가지를 퉤퉤 소리 내어 내뱉었다. "아, 맛없어" 우리 입술은 가지 물이 들어 모두 자주색이 되었다. 그렇게 한 시간 정도 걸었을 때, 장성처럼 우뚝한 짙푸른 둔덕이 나타났다. 형들이 인디언 같은 소리를 내며 앞장서 뛰자, 조무래기들도 "호이, 호이" 소리치며 따라 뛰었다. 가파른 제방에 올라서니, 학교 운동장보다 몇 배는 큰 저수지가 땡땡하게 배가 부푼 채 누워 있었다. 그리고 둔덕 아래서는 들리지 않던 이웃 마을 아이들의 조잘거리는 소리와 물장구 소리가 돌연 시끌벅적하게 들려왔다. 하늘 높이 옷을 벗어 던진 형들은 물속으로 첨벙첨벙 뛰어들었고, 조무래기들이 그 뒤를 따랐다. 그때, 이 마을에 사는 4학년 1반 계집애를 봤다. 2주 만에 만난 그 애는 아프리카 토인처럼 새카맸고, 수영복 대신 입고 있는 면 팬티는 노랗게 민물이 들어 있었다. 우리는 마치 조퇴를 하고 먼 나라에서 다시 만나기로 약속을 한 것 같았다. 그 애는 나를 보더니 물속으로 뛰어들어 머리카락 하나 보이지 않게 온몸을 감추었고, 나도 그 애를 뒤따라 형들과 조무래기들이 물싸움을 하고 있는 물속으로 뛰어들었다. 잠시 후, 물가에서 물장구를 치던 형들이 말했다. "자, 건너자!" 그러자 모두들 저수지를 건너기 시작했다. 여름방학은 저수지보다 더 서늘했다. 나는 외톨이가 될세라 동네 형과 조무래기들이 내놓은 둥그런 물무늬를 따라 헤엄을 쳤다. 저수지 한복판에 이르자 사위가 조용해지고, 누가 발목을 잡아당기는 것처럼 수온이 내려갔다. 가지 먹은 신물이 올라왔다. 나는 그것을 꾹 눌러 삼켰다. 그러면 물귀신이 좋아서 모여들 거야. 저수지에는 해마다 소년이 빠져 죽는다. 경박한 라디오 아나운서들은 "수영 미숙으로 인한 익사"라고 떠들어 댄다. 하지만 수영 미숙으로 죽는 소년은 어디에도 없다. 나는 슬며시 몸을 뒤집어 봤다. 그것은 한 번도 배워 보지 않은 동작이었다. 하늘에는 먼저 배영을 배운 구

름 한 점이 둥둥 떠 있었다. 뒤늦게 저수지 건너편에 이르
자 먼저 도착한 형들과 조무래기들이 물가에 앉아 잡담을
하고 있었다. 일찌감치 도착했다는 듯이 나도 슬며시 잡담
속에 끼었다. 그러자 모두들 나를 힐끗 보더니, 이렇게 합
창을 했다. "자, 건너자!" 일순, 여름방학의 온도가 조금 더
내려갔다. 소년은 옷을 벗어 놓은 맞은편 물가를 보면서,
어서 방학이 끝나기를 헤아렸다. 팔다리가 가늘고 새카만
그 애를 한 번만 더 볼 수 있다면…… 그 애와 입맞춤을
하는 상상을 하며, 소년은 알 수 없는 요기를 내뿜는 저수
지에 몸을 내던졌다. 깊고 서늘한 물속에서 보이지 않는 머
리카락이 소년의 발목을 잡아당겼다.

아브라함

아브라함아 아브라함아

나를 믿는다면 담배 600대를 피워 봐라.

암에 걸릴까 봐 안 피우느냐?

좋다, 위스키 600잔은 어떠냐?

글렌리벳과 맥켈란 가운데 골라 보아라.

건강에 나빠서 끊었느냐?

나도 몰래 감쪽같이 끊었느냐?

내가 누구관데 간을 치료하지 못하겠느냐?

어린아이의 것처럼 보들보들하게 만들어 주마.

좋다, 에스프레소 600잔은 어떠냐?

한 잔만 마셔도 심장이 무지근해지느냐?

밤새 잠을 설치느냐?

그러면 달걀노른자를 띄운 쌍화차 600잔을 마셔라.

콜레스테롤이 무서우냐?

나보다 무서우냐?

좋다, 그러면 내가 천지창조 때 만든 시냇물 600잔이면
되겠느냐?

에비앙이 아니라서 못 마신다는거냐?

오염이 돼서 안 된다는거냐?

위가 늘어난다는 거냐?

방광이 터진다는 거냐?

나는 너의 하나님,

너를 영생케 할 주인이 아니냐?

말해 봐라

말해 봐라

아무 잔도 받지 않고

아무 대꾸도 않으려거든 벌칙을 받아라

내 오줌, 600잔을 마셔라

기생충 알이 덕지덕지 붙어 있는 내 항문을 핥아라

치사하냐? 이러는 내가

왕변태 같으냐?

아브라함아

믿음의 자손아

새로운 아브라함아

너는 무엇을 믿느냐?

말해 다오

말해 다오

제발

말해 주시오

눈 속의 구조대

눈이 푹푹 쌓이는 날
반쯤 읽은 책을 반납하기 위해
도서관으로 향했다
파혼한 애인을 평생 사랑하게 될 그는 모르리라
교회는 왜 자꾸 마을로 내려오고
도서관은 왜 자꾸 산마루로 올라가는지

도서관으로 올라가는 비탈길 입구는
눈의 나라가 아니었다
119 구급차가 비탈길을 가로막은 골목은
새로 생긴 동네의 정육점 진열대 같았다
갑작스러운 시험은 날씬한 이들만 웃게 한다

비탈길을 조금 올라가자
어지러운 발자국과 바퀴 자국이 보였고
정돈되지 않은 무전기 교신음이 들렸다
형광 옷을 입은 네 명의 구조대원은 산소통을 둘러매고
바퀴 달린 접이식 들것을 끌고 있다

이 월급쟁이들은 곧 누군가를 구하게 되리라
병마개를 삼킨 어린아이를
의붓아버지에게 성매매를 강요당했던 여중생을
비트코인에 등록금을 털어 넣고 연탄을 피운 대학생을
연예인에게 악플을 달고 고소를 당한 실직자를
고양이에게 물린 개, 개에게 물린 고양이를
슈퍼마켓 주인은 이 사건이 극적이기를 원한다

가져간 책을 반납했다
이제 누군가는 구조되었으리라
한 명의 약혼녀와 파혼했던 자의 책을 반납하고
세 명의 약혼녀와 연이어 파혼했던 자의 책을 빌렸다
이들만큼 애타게 구조를 바랐던 이들은 또 없으리라
이들에 비하면 우리는 참 잘도 쉽고 거뜬하게 구조된다
청와대보다 우수한 건양대학교 응급구조학과가 있으니!

건양대 응급구조사 국가시험 3년 연속 100% 합격
　건양대는 응급구조사 국가시험에 응시한 응급구조학과
수험생 전원이 합격했다고 9일 밝혔다.

첫 졸업생부터 3년 연속 100% 합격 신화를 이어 오고 있다.

이 학과는 각종 국책사업을 통한 교육역량 중점 학사일정을 운영하고 전국에서 유일하게 학기 중 건양대병원 10개 과에서 임상실습으로 현장역량 중심교육을 하고 있다.

또 평생패밀리제도를 통한 학생 및 진로 상담, 재학생 전원 취업반 운영을 통한 진로 준비, 방학 중 토익몰입교육 등 차별화된 교육과정을 펼치고 있다.

동문회도 지난 2016년과 2017년에 걸쳐 600만 원의 동문회 발전기금을 모으면서 학과 발전에 일조하고 있다.*

도서관에서 내려오는 길에
눈 속에서 두런거리는 구조대를 다시 만났다
쫑긋 세운 귓등으로 구조대와 마을 사람의 대화가 들렸다
"어디를 찾습니까?"
"현대빌라요."
"현대빌라는 저긴데."
"거기는 신현대빌라라고 하더군요."
"그래요? 우리도 모르는 신현대빌라가 이 동네에 있어요?"

우리가 사는 현대
그 잘난 현대가 행방불명이다
죽었다는 신이 자꾸 새로 생겨나
구조대가 찾지 못하는 것은 현대다
소리 없는 경광등이 눈발을 뒤집어쓴다

자동차 묘지·上

—— encounter

칠흑 같은 산속에서 MayBach는 길을 잃었지. 회장님, 그 회장님이 타신다는 MayBach 말이야. 그래, 죽었는지 살았는지 알 수 없는 배설물, 인간에게 가장 고유한 서명, 사망 선고로 자신을 공표하는 것이 자식들에 의해 금지된 좀비, 세별 회장은 지금 금치산 상태야. 하지만 세별 회장보다 더 죽지 않는 회장은 바로 우리 회장님이시지. 칼침을 스무 번이나 맞았고도, "나는 아직도 배고프다"라고 말씀하셨다는 Dragon 회장님. 회장님은 그렇게 말씀하시고 나서, 단번에 Tiger의 두 눈알을 뽑으셨지. 셀라! 그때 일은 용아(龍兒)가 잘 알고 있지. Tiger가 회장님의 침실을 습격했을 때, 용아는 회장님의 근(根)을 빨고 있었거든. 그렇지 용아?

내비게이터도 스마트폰도 먹통이야. 몇 시간 째 산속을 맴돌던 MayBach는 세면(細麵) 가닥 같은 외길로 접어들었어. 배고픈 듯, 배고픈 듯이 말이야. 그때 '저수지 1킬로미터'라는 이정표가 보였지. 용환(龍煥)이 운전대를 잡은 MayBach는 염력에 끌린 듯이 저절로 저수지를 향해 슬슬 굴러갔어. 회장님이 설악산국립공원 곁에 새로 지은 설악 임페리얼 호텔 카지노를 접수하고 오라고 삼룡(三龍)을 파

44

견하면서 당신의 전용차를 내어 주신 것은, 지역구 깡패들에게 Dragon의 위신을 보여 주기 위해서가 아니야. 용아가 심심풀이 삼아 삼용을 따라나섰기 때문이야, 그렇지 용아? Dragon의 마스코트.

길은 가는 국수 면발을 이은 듯 외길로만 이어졌고, 운전대를 잡은 용환이 옆에 입을 꾹 다물고 앉은 용관(龍冠)은 회장님께 올려야 할 보고를 무려 세 시간 째 올리지 못해 잔뜩 긴장해 있었어. 그런 중에 길 끝에서 반딧불같이 희미한 인가의 불빛이 반짝였지. MayBach가 소리 없이 외길을 헤쳐 나가자, 갖가지 판자와 비닐로 얽기 설기 지어진 작은 매점과 캄캄하고 너른 저수지가 한꺼번에 눈앞에 나타났어. 용환이 은은한 불빛을 밝힌 매점 마당에 차를 세우기도 전에, 너덜거리는 비닐 판자문을 열고 누군가가 MayBach를 반기러 나왔어. 이건 김희선인가, 최지우인가? 뒷좌석에 앉은 용갑(龍甲)이 창문을 내리고 판잣집의 여자에게 이곳의 위치를 물었어. 여자가 대답하기를, 저수지 건너편이 설악산국립공원 케이블카 공사장 본부라는군. 그러면서 그녀는 "라면 먹고 가세요"라고 교태를 부렸지. Dragon은 서울에서 Tiger를 괴멸시켰고, 설악임페리얼 호

45

텔 사장은 오금이 저린 채 우릴 기다리고 있을 테지. 그 호텔은 케이블카 공사장 본부에서 10분 거리에 있지. 매점의 유일한 메뉴는 라면이었어. 용아, 그런데 저 여자, 사연이 있겠지? 이렇게 섬짓한 곳에 혼자 살려면, 김윤석도 마동석도 무서워할 거야, 안 그래 용아? 그녀는 누가 지켜 주고 있을까? 판자와 비닐로 얼기설기 지어진 매점의 유리창 밖으로 저수지의 검푸른 수면이 참선(參禪)을 하고 있어.

　라면이 대령하자, 용아가 매점 여자에게 물었어. "신라면이에요, 안성탕면이에요? 나는 오뚜기 진라면이 아니면 안 먹어." 라면 가닥을 한입씩 집어삼킨 삼룡이 돌아가며 핀잔을 주었어. "라면이 요리야?"(용환), "배고플 때 그냥 먹는 게 라면이지."(용관), "아무거나 똑같아."(용갑) 그 말을 다 마치기도 전에 삼룡은 창자를 토해 내며 죽었지. 취향이 없었기 때문이야. 용아는 맛에 대한 확고한 취향이 있었기에 독이 든 라면을 용케 먹지 않았던 거지. 삼룡이 급사하자 용아가 여자에게 달려들었고, 저수지 여자는 부리나케 MayBach를 타고 달아나려고 했어. 하지만 키를 찾지 못한 저수지 여자는 용아에게 턱을 얻어맞고 몇 초간 기절했다가, MayBach 운전석을 뒤로 젓히며 용아를 유혹하려고 했어. 회장님의 스물세 살짜리 애인, 여자 따위는 거들떠도 보지 않는 우리 용아를 말이야. 치마를 걷어 올린 여자의 희멀건 사타구니를 보자 구토가 치솟았어. 용아는 여자의 두 손목을 비틀어 잡고 차에서 끌어내린 다음, 매점 의자에 꽁꽁 묶었어. 그리고 물었어. "또 Tiger냐? Tiger가 시킨 거냐? 그 고양이 새끼들이?" 여자는 코웃음 쳤어. "Tiger라니? 이명박이야? 지만원이야? 정규제야? 니가 말하는 Tiger란 변희재, 김세의, 윤서인 따위의 줄무늬 빤스를 입은 놈들을 말하는 거니?" 용아는 잔뜩 질투를 불러일으키는 저수지 여자의 가슴을 담뱃불로 지졌어.

용아가 저수지 여자를 심문하는 데 지쳤을 때, 매점에 켜 놓았던 라디오에서, 자줏빛 비, 자줏빛 비, 자줏빛 비를 멋지게 편곡한 블루스가 나왔지. Lucky Peterson의 Purple Rain 말이야. 용아는 심문을 멈추고 음악에 맞추어 춤을 췄어. 옷가지를 하나씩 벗으면서 말이야. 그러자 고요한 저수지에 천둥 번개가 치고 비가 쏟아지며 물길이 솟구쳤어. 세상에나! 용이 나타난 거야! 용은 물에 젖은 황금빛 비늘을 번뜩이며 매점의 유리창에 붉은 눈깔을 바싹 붙이고 아가리를 열었어. "나는 오늘, 세상에서 가장 아름다운 춤을 봤다." 용아의 전신에는 열다섯 살 때 소년원에서 새긴 한 마리의 천연색 용 문신이 있었지. 춤추는 용 문신과 용아는 하나. 저수지의 용은 거기에 홀렸던 거야. 용이 용에게 반한 거야. 용과 용아는 용춤을 추기 시작했고, 의자에 묶인 저수지 여자는 아빠가 바람을 피우는 것을 봐야만 했어. 보름달이 뜰 때마다 저수지에서 올라와 접신을 했던 아빠, 그녀가 인신을 공양하며 섬겼던 아빠……. 그녀의 두 눈에서 자줏빛 비가 흘렀어.*

---

* 이 작품은 '자동차 묘지' 3부작 가운데 가장 먼저 발표되지만 이야기의 시간 순으로는 중간에 해당한다. 이 작품 전후에 「자동차 묘지·中 ─ origin」과 「자동차 묘지·下 ─ epilogue」가 있다. 1996년부터 구상한 이 작품은 어느 천년에 완결될지 알 수 없다.

힙합

약 좀 주소
약 좀 주소
신약 좀 만들어 주소
재니스 조플린, 짐 모리슨, 지미 헨드릭스가
먹었던 그런 시시한 약은 말고
죽었던 사람도 다시 살아나는 약

날아갈 준비 다 된 내 인생
활주로에서 뒤로 달리게 하지 말고
약 좀 줘, 씨발놈들아
먹고 죽게 약 좀 줘
아무도 괴롭히지 않고
물이 되어 하수구로 흘러갈게
눈물 한 방울 남기지 않을게

달에도 가고
복제 양도 만들고
가죽공예 장인도 만드는데
한 알만 먹으면 헬륨 먹은 목소리로

자지러지게 웃다가 잠드는 약
그 좋은 약 왜 못 만드나

보건복지부와
청와대는
출산율만 걱정하지
어서 죽고 싶은 사람들의 복지는 너무 몰라
그만 살고 싶은 내 마음은 너무 몰라
그래서 우리는 메스꺼운 구공탄을 피워 놓고 애쓴다고
면도날로 동맥을 끊고 피칠갑이 된다고
고소공포증을 참고 옥상까지 기어올라가 떨어진다고
씨발놈들아 그 좋은 기술로
신약 좀 만들어!
자판기로 콘돔을 팔듯이
신약 좀 먹어 보자 씨발놈들아!
같이 먹자고 안 할게

Mnet은 보건복지부의 청탁을 받고 쇼미더머니를 만들
었지

우리가 미치는 것을 막아 보려고
Mnet은 국가정보원의 청탁을 받고 고등래퍼를 만들었지
화염병 던지는 것을 막아 보려고
청와대는 나쁜 약 대신 가짜 약을 만들었지
방시혁과 함께 방탄소년단을 만들었지

힙합은 필요 없어
방탄소년단도 꺼져 버려
더 나쁜 약을 줘
진짜 약을 줘
내 청춘 박멸한다

시일야방성대곡(是日也放聲大哭)

2018년 3월 30일
맥도날드 경희대학교점이 폐점했다
어찌 이 날을 울지 않고 지나가랴?
온통 맥도날드가 널려 있는 세상에
맥도날드가 없는 동네라니
우리는 노스트라다무스가 되었다

성소가 없는 동네에서는
손가락이나 귀가 하나씩 모자란 아이들이
성기가 없는 아이들이
항문이 없는 아이들이 태어날 거야
개와 고양이가 쥐를 낳게 될 거야

여기가 체르노빌이야
여기가 후쿠시마야
여기가 평양이야
여기가 락까야

한 컵에 두 개의 빨대를 꽂고

이마를 맞댄 채 얼음 재운 콜라를 마시던 곳
슬플 때나 기쁠 때나 찾아온
우리의 보리수
거기서 우리는 새처럼 지절댔지

온통 맥도날드인 세상에서
우리는 장소를 잃어버렸다

첫사랑

중학교 1학년 2학기
학기말 고사 화학 시험 답안지를 백지 제출하고
담임선생님께 체벌을 받았다
올해 막 K대학교 사범대학을 졸업하고
화학을 가르치게 된 선생님이었다

시험을 모두 마친 날
담임선생님과 나만 교실에 남았다
나는 그것이 얼마나 큰 잘못인 줄 몰랐고
선생님은 내가 철없이 저지른 일로
교장실에서 시말서를 썼다

선생님은 내일 어머니를 불러오는 것과
체벌 가운데 하나를 택하라고 했다
나는 독립을 하고
새로운 관계를 찾기로 했다
허리를 굽히고서 두 발목을 잡았다

선생님의 매질은 정열적이었다

밀대 자루가 떨어질 때마다
내 하얀 엉덩이는 선생님께
사랑의 편지를 썼다

어둑어둑한 12월이
살짝 얽은 그녀의 얼굴을 메우기 시작할 때
열등생은 깨닫는다
백지 답안지를 낸 이유를

말씀과 시인

태초에 말씀이 있었다지. 그는 자신만 모르는 떠버리였어. 그는 쉬지 않고 사랑 공의 자비를 말했지만, 어제 했던 말이 오늘 달랐어. 낮에 했던 말과 밤의 말이 달랐지. 말씀은 예순여섯 권의 두루마리에 신성한 글자로 기록됐어. 말씀의 말을 기록한 성스러운 책을 읽고 말씀의 자녀들이 생겨났지. 말씀에게는 애초부터 자신의 말을 자신이 듣는다는 발상이 없었지. 말씀에는 말하는 자와 듣는 자가 뚜렷했지. 말씀의 구조를 빼닮은 자녀들은 스스로를 목자라고 뻐기며 말씀으로 양을 쳤지.

오랫동안 말씀을 찬양했던 노래꾼이 있었다. 그는 자신이 말씀을 따라 읽은 사랑 공의 자비가 자신의 귀까지 와서는 항상 다르게 들리는 것에 절망했다. 그는 손바닥을 펼쳐 입과 귀 사이의 거리를 재어 봤다. 귀와 입 사이의 거리는 겨우 한 뼘도 되지 않았지만, 입과 귀보다 더 먼 것은 세상에 없었다. 그는 말씀이 미처 이루지 못한 현전을 구하기 위해, 칼로 자신의 입과 귀를 길게 찢었다. 그러자 입과 귀가 들러붙어 하나가 되었다. 아무 소리도 낼 수 없는 벙어리가 되었다.

말씀을 처음 기록했던 자들이 다 쓰고 내다 버린 깃털 펜을 주웠지. 그것으로 말씀의 행간과 공백에 사랑 공의 자비라고 썼어. 그러자 구더기가 꼬물대는 것 같이 비천한 흔적으로부터 환청이 울렸지. 사랑 공의 자비 사랑 공의 자비 사랑 공의 자비……. 신성한 글자로 뒤덮인 성스러운 페이지에 부끄러운 글씨를 써넣을 때마다, 사랑 공의 자비는 살이 지글거리며 타는 소리를 냈어. 계시를 듣는 자, 아니, 자기 입으로 내뱉은 사랑 공의 자비를 자기 귀로 들으려고 안간힘 쓰는 자.

당신 홀로 옥상에서

말해요, 말해 봐요
마지막이 없어질 때까지
당신이 얼마나 많은 마지막을 만들었는지

당신이 보았던 마지막 태양이 어떤 빛을 뿜으며 사그라
졌는지
당신이 마셨던 마지막 물 한 모금이 어떤 맛이었는지
당신이 쓰다듬었던 마지막 동물의 이름은 무엇인지
당신이 맡았던 마지막 꽃향기가 어떠했는지
당신이 친구를 데리고 간 마지막 장소는 어디였는지
당신이 들었던 마지막 단어도 사전에 나와 있는지
세계의 종말을 위해 애썼던 무수한 당신의 노력을

들어요, 들어 봐요
당신이 마지막인 세계에서
당신의 말을 당신이 들어 봐요

이야기꽃

우리 언제 같이 살게 되나요?

그때도 태양은 하늘에 있고
골목에는 가죽공예 집이 있고
이야기가 피어오르는 커피집이 있을까요?

태양이 다 타 버린 숯이 되고
가죽공예 장인은 트랜스젠더가 되고
아무도 커피를 마시지 않게 되었어도

우리가 같이 살게 되면
잿더미 속에서 해가 새로 뜨고
70억이 아기의 가죽옷을 짓고
우리 이야기를 하려고
마른 화분 가득한 찻집에 모이겠지요

우린 같이 살게 될 거예요

얼굴 없는 사랑

얼굴 없는 여자들, 헤아릴 수 없이
많은 얼굴 없는 여자들이 내
다리 사이를 지나갔다
뒷통수만 잠깐 보여 준 여자들

아직 내가 남자가 되지 못했던 소년원 시절
나의 뒷통수를 두 손으로 지긋이 내리누르는
웃음 띤 남자들이 있었다 나는
다리 사이의 천사였다

대장들의 성기에서는 권력의 냄새가 났다
나는 끌리듯이 그 힘을 탐닉했다
얼굴 없는 여자들이 그랬듯이
대장들의 정액을 위장 깊숙이 삼켰다

발가벗긴 삼각형은 밤마다
대장이 던져 준 크림빵 봉지를 뜯었다
희고 고소한 크림을 찍어 항문에 발랐다
그들은 한 번도 사랑한다는 말을 하지 않았다

대장은 권력을 행사했고
소년은 그와 하나가 되고 싶었다
힘을 나눠 갖고 싶었다
소년의 마음을 알아차린 대장은
오른손에 감아쥔 전선줄로 소년의 엉덩이를 때렸다

아파요!
더 때려요!
사랑합니다!

얼굴 없는 대장들, 헤아릴 수 없이
많은 얼굴 없는 대장들이 나에게
복종과 폭력을 가르쳤다
아직 우리가 남자가 아니었을 때

슈퍼 문

나는 이제 서쪽에서 동쪽으로 거꾸로 걸어 보겠어
홀쭉해졌다, 부풀었다 지루한 반복을 하지 않겠어
태양의 연인이라는 자랑스러운 자리도 내버리겠어
보라색이나 초록색으로 빛나 보겠어, 아니면 시커멓게!
사람들은 손가락질해, 언제나 변함없는 달이야
나는 왜 혼자서 빛나지 못하지?
나는 왜 궤도를 이탈하지 못하지?
나는 왜 질량 전환의 도약을 이루지 못하지?
사람들은 손가락질해, 내일부터는 쭈글쭈글해질 테지
입안 가득 바람을 넣고 얼굴이 새하얘지도록
양 뺨을 부풀리는 심약한 달
손가락질에 멍드는 달

그림자

해가 지면
내 몸통에서 돋아나는 손과 발
그림자

내 그림자는
보디가드가 지키고 있는
당신을 찾아 달려간다
내 손은
몸속에 갇혀 있는 당신의
손과 발을 어루만진다

해가 지면
그림자가 그림자를 부른다
당신의 그림자 위에
내 그림자를 포갠다

양계장 힙합

　자정이면 멍해질 거야. 양계장의 닭들은 너무 바보같이 살아서 자기가 알인지 닭인지도 모를 거야. 나만 그런 줄 알고 옆을 둘러보면, 혼자만 그런 게 아니라 바보 같은 놈들이 수천수만 마리나 줄지어 서 있는 거야. 하나같이 바겐세일로 산 싸구려 모피 코트를 입고, 누군가가 쓰레기통에 쑤셔 넣은 우산처럼 우두커니 섰지.

　잠을 재우지 않고 알만 낳게 하려고 형광등을 줄지어 빼곡하게 켜 놓은 양계장의 좁다란 닭장 속에, 태어나서 죽을 때까지 서 있어야 하는 닭들은 자기가 뭐 하는 놈인지 진짜 모른다. 그런데 어느 할 일 없는 놈이, 닭이 먼저냐 알이 먼저냐와 같은 쓸데없는 질문을 만들었을까. 내가 병아리였을 때, 무서운 아버지 앞에서 이모가 눈치 없이 물었지 "엄마가 좋아 아빠가 좋아?" 나는 진실을 지키려는 안간힘으로 눈을 까뒤집고 기절을 했지. 이후로 평생 양자택일에 시달렸어.

　새벽 세 시. 밤새도록 불을 켜 놓은 닭장에서 알을 낳으려고 끙끙거리는 닭처럼 나는 눈을 말똥거리고 있다. 제길,

항문으로 말이야. 어쩌다 잘못하면 피똥을 싸게 되는 줄도 모르면서 무엇을 써 보겠다고 작심하고 밤새도록 책상 앞에 앉은 꼴이라니. 아니, 내가 심한 암치질에 걸렸다는 얘기 안 했던가요? 마음껏 피똥을 싸는 것도 어려울 정도였답니다.

당신은 지금 멍해. 홍콩 가려고 플라스틱 막걸리병에 짜 넣은 본드를 들이마신 중딩이 같아. 히로뽕 대신 감기약을 한 통씩이나 물 없이 주워 삼킨 행려병자 같아. 그리고 당신 골통 속에 거꾸로 서 있는 아랫도리가 쑤시듯이 아픈 거야. 누가 함부로 범한 ~~그레이 하운드~~ 레그혼의 똥구멍처럼. 아, 이뻐라! 이처럼 쓸데없는 자의식이라니, 예찬해야 하지 않을까? 환자라는 것을 알고 있는 환자는 이미 쾌차한 것이겠지. 담당 의사는 나를 오랫동안 그루밍해 왔지만, 나는 손바닥 위에 있는 빨간약과 파란약이 아무 약효가 없다는 것을 알아.

북극성도 보이지 않는 희끄무레한 밤. 서울 하늘 아래 그 많은 노새족, 당나귀족들은 귓전에 철렁거리는 방울소리도 없이 그저 내달린다. 그저 죽어라고 자기 주인을 싣고 달린다. 목마에게 불온하거나 음란한 노래를 들려주지 마라. 목마의 앞길을 가로막지 마라. 우는 목마의 목을 껴안고 빰을 부비지도 마라. 그냥 달리고 달리다가 경첩이 빠져 고갯길에 나뒹굴게 놔둬라. 그러니 어찌할 거나. 계속 좆뱅이 쳐라, 씨발놈들아! 이런 식으로 당신들을 싸그리 욕해본들 기분은 나아지지 않아. 좆뱅이 칠 당신은 나. 내가 닭이야.(그런데, 이 연은 패러디로도 별로야. 하여튼 그 사람은 박인환에게 잔인했지.)

새벽 네 시나 다섯 시 쯤. 뿌연 형광등이 켜진 방 안에 들어앉아 열 시간째 컴퓨터 자판을 타닥거리고 있으면 저절로 자신이 수간당한 닭 같다고 느껴질 거야. 혹은 새로 나타난 우두머리 혹은 오래전부터 그놈이 약해지길 기다려 왔던 경쟁자가 쪼아 놓아 형편없이 너덜너덜해진 벼슬을 녹슨 단검처럼 달고 있는 아스팔트 위의 수탉. 여기까지 읽었으니, 이마트에서 좋은 닭고기를 고르는 팁을 줄게. 잡은 지 얼마 되지 않은 것일수록 좋은 닭고기야. 간단명료하지. 나는 문예지를 볼 때(2019년 기준) 시인들의 약력부터 보고, 1990년생 이전 태생이라면 거들떠도 안 봐. 등단한 지 10년만 되면 모조리 폐닭, 쉰내 나는 쉬인이지.

우리나라 국민소득이 얼만데 아직도 닭장 같은 술집에서 술을 빨며 뇌세포를 죽이는 거야, 거냐고? 모스크바 행 비행기를 타고 날아가서 러시아 게이와 입속에 든 맥도날드 햄버거를 서로 나눠 먹고 오면 안 되나? 리우데자네이루의 삼바 축제에 가서 다리가 꼬일 때까지 춤을 추다가 오든지, 케냐 같은 데 가서 표범이나 그 비슷한 고양이과 동물을 사냥하는 흉내라도 내어 보면 안 되나? 한국 작가들은 물신과 만나 본 경험이 없기 때문에 그것에 대한 복수로 끔찍하고 엽기적인 이야기만 잔뜩 써 대는 거라고. 그런 상상력을 High Modern인 양 착각하지만 사실은 Gothic Fantasy처럼 구리고 구려. 생계가 없고 생활이 없으니 모던이 생겨날 리 없다.

우리는 70년 넘도록 이견을 가진 사람에게 빨갱이 낙인을 찍어 왔어. 그랬던 한국인의 DNA가 민주화 시대라고 해서 하루아침에 형질 변화를 일으키진 않았겠지. 옛날과

달라진 점이라면, 고작 정치적 올바름 말고는 아무런 변변한 이념도 없는 것들이 자기 심사에 들지 않는 이들을 향해 자유주의자라고 손가락질하는 세상이 되었다는 것이랄까. 예, 예, 꼴리는 대로 부르셔요. 나는 김수영 장정일입니다. 포르노 작가라고 비웃지 않는 것만 해도 감지덕지올시다. 나는 세상의 항문을 빨겠습니다. 당신 혀가 닿지 않는, 당신이 빨지 못하는 항문을 빨아 드리겠습니다. 진한 커피 향이 올라오는군요. 이제 내 혀를 당신 입에 넣어 드리지요. 기절을 하든 죽은 체를 하든 편한 대로 하셔요.("꼬끼오" 소리를 놓쳐 버렸어. 닭대가리!)

우애

차가운 보석들 천지야
세계는 온정조차 차갑지

따뜻한 보석을 찾아 헤맸어
입술을 태워 버릴 불을 찾아다녔어

얼마나 고요하고 평화로우냐
너의 항문에 입을 대고 있는 것은

구더기

캄캄한 항문을 보여 줘
당신이 가장 감추고 싶은 것
당신이 줄 수 없는 것
당신에게 없는 것
당신이 아닌 것을 줘
침과 오줌과 똥

당신이 뻐기고 싶은 미모
담배를 살 때마다 내보여야 하는 주민등록증
세상을 제압할 때 꺼내는 학위
말가죽 지갑 안에 모신 패스포트
대문 밖의 포르쉐
그 많은 보디가드들

나는 어두운 문을 두드렸지
당신 속의 난지도에 코를 박았지
당신도 가 보지 않은 절벽에 매달렸지
그러자 항문을 내맡긴 주인
용서할 수 없는 배반자를 향해

보디가드가 일제히 총을 쐈지
공기 인형처럼 당신은 길 위에 쓰러졌어

내가 맡은 냄새를 당신에게 옮기고 싶어
침과 오줌과 똥
우리는 창조해야 돼
입맞춤이 거부당한 곳에서 생겨나는
꼬물거리는 구더기
구더기를

해피엔드는 없어요

그것을 이상이라고
그것을 승리라고
그것을 원형이라고 생각한다면
아마도 그것은 해피엔드겠지요
로미오와 줄리엣 이야기입니다
전 세계의 연인들이 두 사람의 비극으로부터
사랑의 이상과 승리와 원형을 구한다면 말입니다

우리 물리칩시다!
로미오와 줄리엣은 물론이고
로미오와 줄리엣을 반복하는
허다한 시와 소설과 영화를 물리칩시다, 비웃어 줍시다!
압박 자위를 따라하지 맙시다
로미오와 줄리엣은 산업입니다

사랑에는 이상이 없습니다
사랑에는 승리가 없습니다
사랑에는 원형이 없습니다
그런 해피엔드는 없어요

사전(辭典)을 토해 내는 사랑
원본을 물려줄 수 없는 사랑
스위트 홈이 거부하는 사랑
사람들이 손가락질하는 사랑
우리는 껴안아야 해요
캄캄하고 불안하기만 한 현재와
어떤 결말이 기다리고 있을지 모르는 대본을

사랑은 실험
해피엔드는 없어요

내 말이 그 말이야

나는 당신의 발가락을 빨았지
하나, 하나씩 묵주처럼 빨면서
우리 관계가 영원하기를 빌었어

그리고 당신의 항문을 핥았지
뾰족하게 세운 혀로
우주의 비밀을 감춘 앙다문 문을 두드렸지
음침한 매력 속에 허우적댔지

그리고 당신이 만든 물을 마셨지
당신의 두 다리 사이에 꿇어앉아
당신이 내민 질구에 입을 갖다 댔지
당신은 하느님이고
나는 당신이 오줌을 먹여 키우는 피조물이었지

그리고 나는 허리를 굽히고 두 손으로 발목을 잡았지
당신은 내 엉덩이에 매질을 했지
메트로놈 박자처럼 메말랐던 매질
주위가 하얗게 변해 가고 있어

섹스가 사라진다

사랑이라는 악무한도 사라진다

나는 사라진다 나는

그가 사라져 다시 돌아오지 않는 이유를 안다

흠씬 두들겨 맞고, 못질까지 당했지만

가슴 터질듯이 행복했던 자

그는 그때 완전히 죽었던 거야

하지만 당신은 마음속으로 내 간절한 사랑을 비웃었지

나는 깨끗한 것만 골라 입맞추는 당신의 혀가 미웠는데

나는 당신이 꿈꾸는 산업이 더 역겨웠는데

"그러니까 J, 간절한 접점이 없으니, 그냥 친구로 지내자
는 거지?"

입 기타

모두 기타를 갖고 왔겠지?
멀리서 온 친구의 생일날

저기, 쟤는 에릭 클랩튼이야
무지개 색깔보다 더 많은 포르쉐를 가진
갓물주를 쫓아다니고 있지
항상 애인이 있는 중년 남자에게만 빠지지
얼마 전에 반지하에서 옥탑방으로 이사했어

아이돌은 다 죽어 버려!
BTS도 꺼져 버려!
블루스와 로큰롤이 아닌 것은 다 망해 버려!
라고 웅앵웅앵 하는 애,
쟤는 마크 노플러야
아버지가 이름난 가죽공예 장인이었대

너를 보며 싱긋싱긋 웃는 애
쟤는 검은 장갑 속에 잘린 오른쪽 손목을 넣고 다니지
어떻게 된 거냐고 물어도

자꾸 웃기만 하는 바보
그는 날씨에 따라 제프 백도 되고
에밀리 렘러도 돼

나는 카를로스 산타나
기타 코드 따위는 하나도 모르지만
입으로 「삼바 파티」를 뻑 가게 연주할 수 있지
Merlina, Merlina,
필리핀에서 온 멋진 친구를 위해

칼바도스 한 잔씩을 마시고
자, 입 기타를 연주할까?

버킷 챌린지

할까?

나는 발밑의 사과 궤짝을
승부차기처럼 멀리 걷어찼지

넌 안 해도 돼!

나는 투덜거리며 멀리 나가떨어진 사과 궤짝을 주워 왔어
이 오버장이,
너는 극화(劇化)장이야!
나는 엄지발가락 끝으로 사과 궤짝을 살짝 밀어트렸지

모두 잘 있어!

사과 궤짝이 나뒹굴어진 자리에서
숱한 삼각형 머리가
우리 발꿈치를 물어뜯으려고 일어섰지

뉴스! 뉴스!

이제 우리도 15분 동안 유명해지는 걸까?
아니야, 우리는 이렇게
구름 위에 떠 있는걸
해가 되고 달이 되었는걸

R. H

남자는 여자에게 끌리고
여자는 남자에게 끌리는 것이
자연의 이치라고 아둔한
진화심리학자는 말한다

그것은 인간이 정렬해 놓은 자연
인간화된 우주의 모형이지
자연은 이성애를 설계하지 않았다

76억 인류가 증거라고
남자와 여자가 사랑하지 않았다면
인류가 어떻게 번성했겠느냐고
게거품을 무는 성직자들

그 가운데 절반은 남녀 동성애자와
강간당한 여성 무성애자가 낳았지
우리들은 이성애의 증거가 아니다

잘난 철학자는 떠든다

문명은 억압을 필요로 한다고
이성애라는 질병으로 자연을
극복해야 한다고

그런 억압과 질병이 누구를 위하는 거야?
나는 사과 궤짝을 걷어차지 않겠다
너와 함께 새우깡을 먹겠다

신학적 질문

천사에게도 항문이 있을까?
먼지 한 점 묻지 않는 그들인데

이 질문에 답하려면
백 권의 책이 새로 나오고
천 명의 적들이
천 명의 적과 싸워야 한다
전쟁이 일어나야 한다
자신의 신념을 옹호하기 위해
무수한 자살 폭탄 테러범이
허리에 폭탄을 감아야 한다

그러나 답은 쉽다
너의 엉덩이를 보면 되니까

진술서

아이 엠 어 보이
(나는 아빠입니다)
유 알 어 파더
(당신은 살인자입니다)

정신감정을 할 때마다 아빠의 연기력은 향상됐죠
불쾌감을 떨치려고 매일 꿈속으로 달아났죠
아빠는 소년이 되어 초원을 질주하고 공중을 날아다닙
니다
그러다가 꿈에서 깨면,

지난 25일 밤 부산에서 발생한 '일가족 4명 피살사건'
의 용의자로 주목된 신모(32·남)씨는 전날 오후 헤어진 연
인 조모(33·여)씨 아파트에 들어가 조씨의 아버지와 어머
니, 할머니, 조씨를 차례로 무참하게 살해한 혐의를 받는
다./ 신씨는 56가지 범행 도구가 담긴 가방을 들고 들어가
참극을 벌였고, 25일 밤 범행 장소에서 스스로 목숨을 끊
은 채 발견됐다./ 27일 경찰에 따르면 신씨와 조씨는 지난
해 8월부터 약 1년간 교제하다가 헤어졌다./ 경찰은 신씨가

조씨와 헤어진 데 앙심을 품고 범행한 것으로 보고 구체적인 살해 동기 등을 수사하고 있다./ 신씨는 정신병력이 전혀 없었으며, 강력범죄 관련 전과도 없다./ 이달 25일 경찰에 구속된 '전처 살인사건' 피의자 김모(49)씨도 이혼 과정에서 생긴 나쁜 감정 때문에 범행했다고 진술했다./ 피해자의 딸들은 "어머니가 이혼 후 4년여 동안 아버지의 살해 위협에 시달렸다"고 주장했으며, 김씨는 전처뿐만 아니라 딸과 여동생까지도 공격했던 것으로 알려졌다./ 피해자 딸들은 "아버지로부터 우울증이 있다는 말을 들었다"고 주장했지만, 경찰 조사결과 김씨도 특별한 정신병력은 없는 것으로 확인됐다./ 김씨는 이달 22일 오전 4시 45분께 서울 강서구 등촌동의 한 아파트 주차장에서 전 부인(47)을 흉기로 찔러 숨지게 한 혐의를 받는다./ 이달 24일 밤 강원도 춘천에서는 심모(27)씨가 예비 신부(23)와 신혼집 마련 문제로 다투다가 살해하고 시신 일부를 훼손했다가 경찰에 붙잡혔다./ 올해 6월 18일 부산에서는 20대 남성이 헤어진 여자 친구 집에 찾아가 흉기를 휘둘러 옛 여자 친구 아버지가 숨지고 여자 친구와 어머니, 남동생이 다쳤다./ 지난해 11월 충북 충주에서는 10대 남성이 교제를 반대하는 여자 친구의 아버지에게 흉기를 휘두르기도 했다./ 지난해 8월 부산에서는 50대 남성이 헤어진 동거녀와 돈 문제로 말다툼을 하다가 동거녀가 운영하는 주점 앞 길거리에서 동거녀를 흉기로 수차례 찔러 살해하는 사건도 있었다.*

식은땀을 흘리며 소년은 막힌 골목을 달린다
소년이 몽정을 했던 횟수는 아무도 알지 못한다
소년은 밤마다 계곡에서 추락했고
구름 아래로 떨어졌다

아이 엠 어 보이
(나는 살인자입니다)
유 알 어 파더
(당신은 소년입니다)

* 오수희, 「이별 앙심 보복범죄에 참극 잇따라…작년 85명 희생」, 《연합뉴스》, 2018. 10. 27. 강원도 춘천에서 일어난 사건의 여성 피해자 유족의 증언에 따르면 '혼수 다툼'이 있었다는 것은 심모씨의 일방적인 주장이라고 한다.

헤이그 클럽

어느 날, 헤이그 클럽 한 병을 주며 당신은 말했지

너는 내게 할 수 있니? "그만 헤어져", "이제는 사랑하지 않아" 혹은 "더 사랑하는 사람이 생겼어"라는 말을? 너는 그 말을 하면서 돌이킬 수 없는 내상을 입을 거야. 그러니까 이렇게 해. 이 술을 네 책장의 책 뒤에 보관해. 그리고 언젠가 그 말을 해야 할 때, 이 술을 돌려줘. 아무 말 하지 않아도 돼. 아무 말 안 해도 나는 알아들을 거야. 내가 준 술을 돌려받고, 나는 너에게 마지막 입맞춤을 할 거야. 너는 내가 모르는 다른 우주로 사라지겠지. 네 혀, 네 항문, 네 오줌, 네 겨드랑이의 털, 네 배꼽, 네 어깻죽지, 네 발가락, 네 머리카락, 네 귓바퀴, 네 눈동자, 네 심장의 박동…… . 세상에 단 하나뿐이었던 사람은 이제 하나밖에 없는 또 다른 사람이 되겠지. 네 신체의 각 부분은 새로운 사람과 더불어 새로운 이름과 의미를 얻게 되겠지. 나는 집으로 돌아와 병째 술을 마실 거야. 한 방울도 남기지 않을 거야. 위스키 한 병은 사람을 뇌사시킬 수도 있지. 너를 잊기 전에 나를 잊는 거야. 크게 K2의 노래를 따라 부를 거야. 잃어버린 너를.

어느 날, 집 앞의 어린이 놀이터로 당신이 나를 불렀지. 싸구려 술내를 풍겼지

우리가 검은 머리 파뿌리 되도록 사랑해야 하겠니? 깨 버려, 죽음이 우리의 새끼손가락을 풀어 주는 것처럼! 깨 버려, 함께라는 의무에서 풀려날 수 있도록! 나는 다른 우주에서, 당신은 또 다른 우주에서, 우리는 또 다른 동물이 되는 거야. 깨 버려! 사랑도 우리를 구속했잖아? 나는 자유야. 너는 자유야. 깨 버려! 언제든지 깨 버려! 영원히 사랑하자는 약속, 영원한 폭력. 지금 당장이라도 깨 버리자!

나는 그네에 앉아 흔들거리는 당신을 꼭 껴안았어. 비로소 불안이 사라지며, 너를 계속 사랑해도 괜찮겠다는 결심이 섰어. 내가 당신에게 매달리자, 그네는 중심을 잃고 훌렁 뒤집혔어. 라일락 향기가 크게 웃는 두 사람의 폐 깊숙이 스며들었어. 우리는 헤이그 클럽이야.

하나뿐인 사람

머리는 까마귀
귀는 토끼
눈은 사슴
눈썹은 강아지
코는 고양이
입술은 앵무새
혀는 낙지
이빨은 상어
뺨은 백조
목은 기린
가슴은 여우
젖꼭지는 무당벌레
겨드랑이는 닭
어깨는 펭귄
두 팔은 원숭이
손은 비둘기
손톱은 두더쥐
허리는 뱀
배꼽은 다슬기

엉덩이는 말
허벅지는 캥거루
종아리는 치타
발목은 두루미
발은 연어
발가락은 미꾸라지
발톱은 양
항문은 거미

성소수자이신 하느님

하느님 아버지, 하느님 아버지 하는데
논리적으로
하느님 어머니는 어디에 계신가?

하느님 아버지에게 부인이 없다면
논리적으로
우주는 하느님 똥구멍으로 나왔을 테지?

만약 하느님 혼자서 부인과 남편을 겸했다면
논리적으로
하느님은 쉬메일(Shemale) 아니신가?

당신

태초에 너는 너도 아니었지
동물에도 끼지 못했지
아무것도 아니었지
고작 그것이었지

그것만 있었을 때
낙원은 결코 낙원일 수 없었지
혼자서는 너가 될 수 없었지
온통 사막이었지

생명나무에 집필실을 차린 뱀은
두 손으로 머리칼을 쥐어뜯었지
2000년 동안 연재할 막장 드라마를 쓸 수 없었지
지구는 보기 좋은 경치에 불과했던 거야

당신이 없으면 이야기가 없지
장소도 없지
당신이 없으면 그것은 내가 되지 못하지
당신과 함께라면 사막도 베네치아가 되지

K2

천장 높은 카페에서는 가슴이 두근거린다
천장 높은 카페는 하느님의 집 같다
자꾸 우러러보고 싶다
무슨 말이 내려올 것만 같다
멈추라, 사랑하라, 두 번째가 되어라!
찻숟가락 딸그락거리는 소리와
옆 테이블에서 소곤거리는 대화는
이웃에서 이웃으로 번지는 계시
귀 기울이고, 손잡고, 미소 지으라!
이것은 우리의 십자가

생각해 봐요,
우리가 이 자리에 마주 앉기까지
얼마나 많은 장애물을 헤쳐 왔는지
먼저 가파른 능선을 넘었죠
피와 살을 얼리는 눈보라를 만났죠
너무 지쳐 발걸음이 무거울 때마다
캄캄하게 입을 벌린 크레바스가 유혹했죠

이야기꽃이 열리는
여기가 정상(頂上)이죠

남자들

내 얼굴은 너무 길어서 싫어
라고 너는 말했지
말도 사랑스럽기는 마찬가지이지만
네 얼굴은 이마에서 턱까지 한 뼘도 안 돼
다만 대추씨처럼 갸름하지

종아리가 못생겼다고 했을 때,
다시는 타이즈를 입지 않겠다고 했을 때,
나는 거리에서 온종일 여자들 종아리만 살폈지
네 종아리보다 예쁜 다리는 없더군
너는 자랑을 했던 거야

볼록한 엉덩이가 부끄럽다고 해서
나는 한동안 여자 엉덩이를 훔쳐보는 치한이 됐어
과연 네 엉덩이는 잘 튀어나왔지
어느 것도 너만큼 아찔하진 않았어
세상에서 가장 달콤할 거야

어느 날은 가슴이 주먹만 하다고 투덜거렸지

수술을 해야겠다고 심각하게 고민했지
하지만 알잖아?
나는 네 작은 가슴을 보고
비로소 너에게 반했다는 걸

지하철역 다섯 개를 지나는 동안
나는 이처럼 흡족한 시를 썼어
그것도 어느 폴란드 시인이 쓴 시집을
감탄하면서 읽는 중에
그 시집의 여백에 이 시를 썼어
독서 위에 시 쓰기를 포개고
사색의 끝에 또 다른 사색을 잇고
관념을 뒤집고 상식을 교정하면서

남자들은 자신만만하지
남자들은 자기 여자를 다른 여자와 비교하지
남자들은 다른 남자의 얼굴을 보지 않지
남자들은 다른 남자의 다리를 보지 않지
남자들은 다른 남자의 엉덩이를 보지 않지

다른 남자의 가슴팍을 부러워하지 않지
자신을 다른 남자와 비교하지 않지
참으로 뻔뻔한 남자들이야

시

당신 팬티를 백 번 내리고
거기에 천 번 입맞춘다

내 팬티를 천 번 내리고
당신이 주는 만 번의 매질을 받는다

독자는 시를 건성으로 읽는다
그렇지 않다면
방금 읽은 시에 나오는 숫자의 합을 대 보라

시

당신 팬티를 백두 번 내리고
거기에 천사백삼십팔 번 입맞춘다

내 팬티를 천칠십 번 내리고
당신이 주는 만 칠천오백구십삼 번의 매질을 받는다

이 시에 나오는 숫자의 합은 얼마인가?
전자계산기는 이만 이백삼이라고 말해 준다
그러나 그것은 산술적인 답이지
시는 그런 답을 선물하지 않는다

월요일

얼굴에 오줌 냄새를 잔뜩 묻힌 채
월요일 새벽 전차를 탄 남자들
텅 빈 좌석은 거들떠도 보지 않고
손잡이에 매달려 흔들거리는 남자들
그들은 눈짓으로 서로를 격려한다
금요일 저녁은 다시 온다고
월요일이 뭐가 두렵냐고
금요일 저녁부터 일요일 자정 늦게까지
우리는 다른 세상에 산다
우리 앞에서 헌법을 말하지 말라

너를 아침에

네 발에 입맞춘다
지구가 멈추지 않고 계속 돌 수 있도록
너를 오래도록 쳐다본다
내일 아침에도 해가 뜰 수 있도록

멈추지 않고 입맞춘다
다시 만날 때까지 쉬지 않고 본다
지구에서 너의 발 냄새가 올라오고
새로 뜨는 해가 너의 얼굴을 닮을 때까지

아침에 너를 볼 수 있으면 얼마나 좋을까
눈을 떴을 때 너를 볼 수 있다면
아침에 너를 볼 수 있다면
일어나서 사과를 한입 깨물듯이
너를 아침에 볼 수 있다면

*

독자 여러분

너와 나는 남자와 여자가 아닙니다

K2

문청 시절. 흰 도포와 흰 수염을 휘날리는 노인이 꿈에 나타나서 이렇게 말하는 거였다. "네 이름을 장선맘이라고 지으면 대시인이 될 것이다." 나는 구름 위에 붕 뜬 채로 잠에서 깨어나, '맘'자에 해당하는 한자가 있는지부터 걱정했다.(그때는 필명에 반드시 한자가 있어야 한다고 생각했다.) 조마조마한 심정으로 옥편을 찾아 펼치니 다행히도 '맘'자가 딱 한자 있었다. '굴레 錽'. 나는 蔣善錽을 필명으로 삼았다. 그때부터 필명을 무기로 여기저기 시를 투고했지만, 철석같이 믿은 것은 이름이 아니라 그날 꾼 꿈이었다. 대시인의 탄생을 기다렸다. 그러나 고대하던 낭보는 없었다. 돌팔이 작명가는 지금도 어리숙한 문청들의 꿈에 출몰해 희귀한 한자로 된 필명을 계시하고 있을까? 어쩌면 글로벌 노망이 나서 우탕카나 카니륵스키 와우루 점보 같은 국적 불명의 이름을 투척하고 있을지도 모른다.

육군 대위가 지어 준 이름으로 시인이 되기는 싫었다. 고심 끝에 새 필명을 지었다. 장정장. 바로 읽어도 거꾸로 읽어도 이름이 같은 Kafka로부터 착안한 거였다. 이제 내가 두 번째 카프카가 되는 거야! 의기양양 어느 선배에게 새

필명을 말해 주었더니, 그 선배는 술집이 떠나가라고 웃었다. 도저히 웃음을 멈추지 못할 것처럼 웃고 또 웃었다. 기분이 상해서 두 번째 카프카가 될 수도 있었던 그 이름을 버렸다. 나는 자와 분도기와 콤파스로 시를 쓰는 이지적인 시인인데, 내 필명의 유래가 저토록 발작적인 웃음을 끌어낸다면, 어떻게 진지하게 취급될 수 있겠는가? 요즘 같았으면 그냥 K2라고 했을 텐데 참 미련했었다. 필명 짓기에 두 번 실패하고 오기가 생겼다. 나는 더욱 내 멋대로 시를 쓰자고 결심했다. 아버지가 지어 준 이름을 벗어날 수 없다면 아버지의 문법을 파괴하자고 결심했다.

月刊 臟器

제호(題號)가 이렇다 보니 저희 잡지를 대한내과의사회나 대한개원내과의사회의 기관지로 생각하시는 분들이 많더군요. 또 어떤 분들은 한국장기기증협회 기관지로 오해하시기도 합니다. 하지만 《月刊 臟器》는 창간한 지 29년째 되는 순수 문학 잡지입니다. 아(我) 지면을 통해 시인 6789명, 수필가 533명, 소설가 67명, 평론가 21명이 등단했습니다. 이 가운데는 이름을 대면 알 만한 한국 대표 시인과 중견 소설가가 즐비하죠. 그냥 해 보는 가정입니다만, 이 분들이 동시에 활동을 멈추게 되면 한국 문학은 그야말로 시체가 되죠. 이분들이야 말로 한국 문학의 심장, 폐, 간, 위, 쓸개, 신장, 비장……이니까요. 연혁이 비슷한 다른 문예지에 비해 저희 잡지가 배출한 작가의 숫자가 절대적으로 소수라는 것을 인정합니다. 하지만 문학사적 중요도나 성취면에서 이처럼 막강한 작가들을 배출하게 된 비결을 말해보라면, 모두들 알고 계시는 저희 잡지만의 탁월한 등단 제도를 꼽아야겠죠. 그러면 저희 잡지의 등단 제도를 소개하기 전에 먼저 다른 라이벌 잡지들은 어떻게 하고 있는지부터 볼까요?

10년 넘게 발행 중인 A문예지는 격월간으로 공모전을 진행해 오고 있다. 이 문예지는 지난 1월말 공모전 당선자들에게 등단 비용으로 76만 원을 입금하라는 안내문을 보냈다. 그 서류에 명시된 내역을 보면 작가협회 가입비 60만 원, 1년 치 작가협회 회비 선납분 10만 원, 1년 정기구독료 6만 원 등이었다.

이 문예지는 공모전과 별개로 개별 심사도 운영하고 있다. 공모전 당선자가 내는 등단 비용에 심사비 10만 원, 심사평의뢰 비용 30만 원, 등단 책자 30권 구입비 30만 원, 작가협회 발전기금 30만 원 등 총 100만 원을 추가 납부하면 공모전을 거치지 않고 등단이 가능하다. 이 문예지의 관계자는 "등단 비용은 사무실 임대료, 문예지 출판 비용, 공모전 당선자 축하 행사 등 꼭 필요한 데만 쓰일 뿐 수익을 남기지 않는 형태로 운용된다"라고 했다. 문예지 운영을 위한 최소 비용이라는 해명이다.

국내 최대 규모 문인 단체의 한 관계자는 등단 장사에 대해 "각 문예지가 사적 자치 형태로 운용하는 것이기에 옳다, 그르다를 평하기에 적절치 않다"고 했다. 문예지와 예비 작가 간 합의하에 이뤄지는 거래이니 문제가 없다는 인식이다. 여기에 빠진 건 독자에 대한 고려다. 암암리에 이뤄지는 등단 장사에 대해 알지 못한 채 문예지가 부여한 작가라는 이름에 신뢰를 가지고 작품을 읽을 사람들 말이다.*

　돈을 받고 등단을 시켜 주는 문예지와 돈으로 작가가 되려는 이들을 욕하지 맙시다. 진흙탕에서 연꽃을 피우려는 사람들이니까요. 그럼에도 저희는 한국 문학의 발전을 위해 이들을 가혹하게 비판하고 싶습니다. 작가라는 명예스러운 호칭을 고작 돈으로 사고팔 수 있다니요? 저희는 그런 구태를 강력히 거부합니다. 저희는 시인, 소설가, 평론가가 되려는 분들의 장기를 원합니다. 저희는 흔들림 없는 문학 혼으로 어떤 고통도 감내하시겠다는 분들하고만 거래를 합니다. 그렇습니다. 문학은 돈 놓고 벼슬 사기가 아닙니다. 문학은 목숨을 거는 것입니다. 죽을 각오로 하는 것이 문학입니다. 당신의 심장, 폐, 간, 위, 쓸개, 신장, 비장을 내어놓으십시오. 피를 보지 않으시려거든 《月刊 臟器》의 라이벌인 A, B, C, D, E……로 가십시오. 그러나 격월간 시전문지 《眼目》이나 《季刊 ANUS》로는 가시지 말라고 만류하고 싶습니다. 제호만 봐도 그 사람들이 당신을 어떻게 취급할지 감이 오잖아요? 《眼目》에서는 당신의 두 눈을 뽑아 버리고,《季刊 ANUS》에서는 당신의 항문을 뽑아 버린답니다.

* 김승환, 「문예지 공모전, 생존을 위한 수단인가? ── 한국 문학계의 오랜 관행, 혹은 불행」,《문화＋서울》, 2019년 4월호.

탕

살아 돌아온 사람이 있어
우리 동네에 살아 돌아온 사람이 있어
그는 벤츠를 타고 왔어

아이들이 떠날 때 밴드가 요란했지
온 동네의 빨래판과 젓가락이 다 나왔어
(칙칙 치익 칫칫 치익 와와 돌아와)
동네 사람들은 꽃길을 만들었고
아이들은 목에 화환을 걸고 버스에 올랐어
아이들을 가득 실은 버스는 시험장으로 출발했어 먼 길
을 떠났어
음악이 구슬프게 바뀌고
사람들은 상복을 입었어
잔치를 벌였어

살아 돌아온 사람이 있어
우리 동네에 살아 돌아온 사람이 있어
그는 벤츠를 타고 왔어

조난자는 카메라 플래시를 받으며 싱글거렸고
시장은 그를 뜨겁게 포옹했어
수많은 마이크가 뱀 머리처럼 달려들었어
"살아남기 위해 친구들을 죽였나요?
친구들의 피와 살을 먹었나요?"
그는 달변이었어

"친구가 친구를 잡아먹다니요? 살기 위해 아이의 피와
살을 먹다니요? 희생자에게 제사를 지내는 사회, 산해경
에나 나오는 신화의 세계는 벌써 끝났어요. 희생을 하려고
목을 늘어뜨린 친구는 없어요. 서로 잡아먹으려고 도끼눈
을 뜨고 있죠. 그렇다고 배틀로얄은 아니었어요. 나는 나
를 개발했어요. 아무도, 아무도 헤치지 않았어요. 항문에
콜라병을 꽂은 채 의자에 앉아 교과서를 외웠어요. 하루에
세 시간만 잤어요. 나는 나만을 사랑했어요. 친구 대신 항
문에 든 콜라병을 살살 굴리면서. 그것이 비결이랍니다. 당
신들은 우리를 탕아라고 부르고 싶어 하죠. 하지만 우리는
모범 탕아랍니다. 우리는 새로운 신화로 참……신화를 극
복하고 폐기했어요."

새로운 신화?
서울대 합격자 놈들
판검사가 된 놈들
외무고시와 행정고시를 패스한 놈들
빌보드 차트에서 1등을 먹은 놈들
그런 놈들이 쓰는 새로운 신화
그런 놈들이 썼다는 신화는 고작 저따위야

살아 돌아온 사람이 있어
우리 동네에 살아 돌아온 사람이 있어
그는 벤츠를 타고 왔어

돌아오지 않은 아이들은
타이어가 되고 차축이 되고 윈도우브러시가 되고
헤드라이트가 되고 엔진오일이 되고
범퍼가 되고 보디가 되고 핸들이 되었어
그들도 자신만을 사랑하지

돌아오지 않은 사람이 있어
우리 동네에 죽지도 않고 돌아오지도 않은 사람이 있어
그는 가죽공예 장인이 되었어

살아 돌아온 탕자는 가축 병원에서 살지
금의환향한 탕자는 변사또가 되지, 이수만이 되지
하지만 총알은 돌아오지 않아

탕 —
탕 —
탕 —
탕 —

벌과 파리

그는 똥파리
전신이 금박이지

쇠빙으로 보석이 되고
억울하다고 왱왱거리지

똥파리는 네 다리와 주둥이로 똥을 찍어
나의 세 번째 시집에 수를 놓지

**대한민국 17대 대통령
이명박은 절대 무죄!**

똥파리는 죽지 않지
똥파리의 수명은 이 시보다 길지

노무현은 내 가슴에 침을 쏘았지

잉잉대는 벌의 날갯짓은 음악과도 같고
왱왱거리는 파리의 날갯짓은 에프킬라를 부르지

벌은 꿀을 모으고
파리는 똥을 모으지*

목선(木船)

은혜의 땅에서는
병 속에 편지를 넣는 대신
목선에 생사람을 띄워 보낸다.

빈 냄비를 안고 말라비틀어진
3구, 또는 4구의 시체는
해석이 필요 없는 상형문자다.

나는 병 속의 편지를 이렇게 읽었다.
"능력 없는 학정은 죄이다.
그러나 능력이 있는데도 돕지 않는 죄는 더 크다.
쌀을 썩게 내버려둔 자들은 지옥에 간다."

어떤 날
목선은 만선이다.

민족시인 박멸하자

민족시인만큼 실속 없는 것도 세상에 또 없을 거야
기름 많이 드는 대형차처럼
국가와 사회에 해악을 주는 기생충으로는
민족의 대시인만 한 것도 없을 거야!
대시인이란 오로지 세계의 대시인이어야지
민족의 대시인
이런 건 그 나라에도 해악이지만
결국에는 인류의 악이 될 뿐이거든
민족시인 박멸!

슈크림

담배를 한 대 빨고, 연기하듯 길게 후 내뿜는다
탁, 침을 뱉고
닭대가리처럼 주위를 두리번거리고
길 가는 사람들의 얼굴을 빤히 응시하고
어깨를 위아래로 흔들고
똑같은 짓을 반복한다

홍대 지하철역 1번 출구 스타벅스 앞에
잘 어울리는 짝패가 서 있다
기타 케이스를 매고 우두커니 선 기타리스트는 왠지 깐
깐한 저승사자 같고
전자 오르간 케이스를 땅바닥에 내려놓은 키보디스트는
똑같은 짓을 반복한다

담배를 한 대 빨고, 연기하듯 길게 후 내뿜는다
탁, 침을 뱉고,
닭대가리처럼 주위를 두리번거리고
길 가는 사람들의 얼굴을 빤히 응시하고
어깨를 위아래로 흔들고

틱 장애가 아니다

나, 유명하게 될 사람이라는 듯이
지금 많이 봐 놓으라는 듯이
너무 표시가 나서 안쓰럽다

젊은 시인 아니,
세상의 모든 시인 같다
시인은 자신을 몰라줄까 봐서 평생 불안에 떨다가
죽을 때, 똥덩어리를 싸 놓지
유고 시집을 남기지

내가 만난 100명의 시인들 중에
100명은 총으로 쏘아 버리고 싶은 놈들이었어

잠시 후, 키보디스트는 자신의 오르간 케이스를 들었다
마중 나온 안내인을 따라 발걸음을 옮겼다
저 오르간 케이스 속에는 무엇이 들어 있을까?
신선한 슈크림이 한가득이면

애인의 항문에 평생 동안 바를 수 있겠지

시 낭독회가 열리는 서점에는 백치들이 가득하다
전자 오르간에서 금빛 곡조가 넘실거리며 흘러나오기
전에
먼저 여기 모인 시인들부터 한 방씩 안기자
기타 케이스를 열고 K1을 꺼낸다
아, 당신, 처음 보았을 때부터 왠지…… 그런데
누구시죠?

총에 맞은 시인들은 '엄마!'라고 울부짖는다
이 바보들,
'예술!' 해야지
진짜 실망이야

돈 많은 어머니가 천재를 보호하지
(넌 아무것도 하지 마)
표절 문제에 휩싸였을 때
시인들끼리 삼각관계로 얽혔을 때

심지어 마감을 놓쳤을 때
어머니가 나서서 모든 것을 해결하지
(누구누구는 엄마가 시를 대신 써 준대요)

총에 맞은 시인의 배에서 더 이상 달착지근할 수 없는
시큼한 슈크림이 꿀럭꿀럭 뭉개져 나온다
그것은 피도 아니고 똥덩어리조차 아니다

재장전

골목마다 피어나는 불꽃
빈터마다 피어나는 불꽃
불꽃은 그동안 어디에 숨어 있었나?

실내 흡연이 금지되었다
법이 풍경을 바꾼다
이제 풍경이 관습을 바꿀 때까지

불을 지르고 꽃을 피우는 여자들

여름 해가 저문다

웃통을 벗어부친 북경(北京)의 사내들이여
지축을 돌리는 자전거 행렬이여
요란스러운 매미 울음이여
길거리에 가득했던 전병과 꼬치여
붉디붉었던 치파오여
나를 그곳으로 불러 다오!

해 떨어지는 곳이여
떨어지는 해 기다리며 누워 있는 서산이여
움푹 파진 계곡이여
거기 고인 어둑어둑한 대기여
그 시커먼 항문으로 나를
다시 낳아 다오!

첫눈

맥주병을 자기 항문에 꽂은 악마
자해하는 독재자
사라지는 매개

첫눈이 내리는 날
사람들의 상상력은 말라붙고
까다로운 술꾼들은 하나의 구호 아래 뭉친다
디스크자키들의 개성은 휘발하고
라디오 방송국이 화친을 한다

한껏 감상적이 된 데다가
술까지 마신 채 힘이 쪽 빠져서
우리는 하루 온종일 듣게 된다
「닥터 지바고」와
「러브 스토리」의 테마 송과
아다모의 「눈이 내리네」를

첫눈에는 보편성이 있다
관념 연합보다 강한 마법이 있다

이 힘으로 정치를 하면 성군이 되고
이 힘으로 글을 쓰면 베스트셀러가 된다
육각형의 비밀을 풀자

밟아라, 밟아라
나는 도둑의 발자국도 다정하게 안아 주는 첫눈이 아니
냐?
이제 당신의 능력을 보여 다오
내가 만든 풍경을 독자여
완성시켜 다오
밟혀도 소리 내지 않고 울부짖지 않는
밝히면서 사라지는
나는
첫눈

지은이　　　장정일

1962년 경북 달성 출생.
1984년 무크지 《언어의 세계》에 시를 발표하며 작품 활동을 시작했다.
시집으로 『햄버거에 대한 명상』, 『길안에서의 택시잡기』 등이 있다.

눈 속의 구조대

1판 1쇄 펴냄 2019년 7월 26일
1판 2쇄 펴냄 2019년 7월 31일

지은이 장정일
발행인 박근섭, 박상준
펴낸곳 (주)민음사

출판등록 1966. 5.19. (제16-490호)
서울특별시 강남구 도산대로1길 62(신사동)
강남출판문화센터 5층 (06027)
대표전화 02-515-2000 / 팩시밀리 02-515-2007
www.minumsa.com

ISBN 978-89-374-0878-6 04810
　　　978-89-374-0802-1 (세트)

민음의 시
목록